가을이 좋아라

가을이 좋아라

김영성 시집

쏠트라인
SALTLINE

춥지도 않고 덥지도 않은 가을 날씨에 하늘 또한 맑아 마음마저 깨끗해지고, 벼가 익어가는 누런 황금벌판이 바람에 일렁여 보기만 해도 마음이 풍요로워진다.

길가에 코스모스 무리 지어 한들한들 그 자태를 뽐내고 그 어여쁜 얼굴 들여다보며 걷기 좋은 가을이다. 향기로운 들국화 벌개미취꽃는 운치韻致를 더해준다. 파란 하늘을 바탕으로 감나무에 붉게 익은 감이 주렁주렁 열리는 것을 바라보면 있는 그대로 한 폭의 그림이다. 이런 가을을 누군들 좋아하지 않겠는가.

지난번에는 지나온 날을 생각하며 『추억』 시집을 발간했고, 이번 시집은 가을을 노래하며 일상의 삶에 관한 이야기를 중심으로 엮었다.

이 시들을 읽으면서 가을 길을 더불어 걷듯 마음을 나누는 시간이 되었으면 한다.

2022년 가을
김영성

차례

제2부

제4부

제1부

가을이 좋아라

무더운 여름을 보낸
서늘한 가을이 좋아라

오곡백과五穀百果가 익어가는
수확의 계절인 가을이 좋아라

드높고 맑은 하늘이 있고
말을 살찌우듯 풍성함이 있는
천고마비天高馬肥의 계절
가을이 좋아라

길가에 코스모스 환한 미소 짓고
국화향기 그윽한 가을이 좋아라

나뭇잎이 예쁘게 물들어

산야山野를 예쁘게 꾸며놓은
가을이 좋아라

뭇 세월의 흐름 속에
나도 가을을 닮아 가고 있어
가을이 더욱 좋아라

안부安否

어느 날 문뜩 그 사람 안부가
묻고 싶을 때가 있네

생활 속에서 우연히 떠오르는
기억의 문을 열고 나타나는 사람

연락처가 없어도
연락을 받지 않으려 해도
그 사람 나를 까맣게 잊고
살아가는지도 모르지만

그 사람 안부가
궁금해질 때가 있네

인생의 먼 뒤안길에서
멀어진 몸과 마음이지만

추억을 되돌리며 그 사람이
문득 생각날 때가 있네

지나간 세월 뒤로
부질없이 생각나는 사람

가을 하늘

저 하늘 바다에는
무엇이 살고 있을까

구름 한 점 없이 깊어 보이는
푸르고 푸른 하늘

밤에만 나타나는 달과 별들이
살고 있을까

나는 카메라를 들어
가을 하늘을 향해 찰칵!
파란색도화지를 만들어본다

가을 하늘 속으로 풍덩!
마음의 나래 펴서 빠져본다

깊고 넓은 푸른 하늘 속에서
편안하게 헤엄쳐 본다

가을을 그린 감

파란 하늘을 바탕으로
가을을 그린 감

제 몸 가누기도 힘들게
주렁주렁 탐스럽고,
멋있는 그림 그려놓았구나

봄부터 파란 잎사귀 틔워
조그마한 노란 꽃 피우더니

무더운 여름의 시련 견뎌내고
붉고 탐스런 모습으로

가을의 심볼symbol 되어
풍요를 노래하고 있구나

가을을 그린 감

하늘도 익어가고 있구나

멀어지길 잘했어

한때는 그이를
얼마나 사랑했는지 모른다네

바라보는 것만으로도
같이 있다는 것만으로도
포옹할 수 있다는 것만으로도
모든 것을 희생할 수 있을 것 같았네

그 마음으로 사랑했고
그로 인해 행복했네

이런 사랑 깨질까 두려워
질투도 해보고
미워도 해보고
싸워도 보았네

그러나 그이는

나름의 갈 길 정해져 있었네

떠나지 않을 것 같은
제스춰gesture를 보이면서
나의 의중을 살피면서
시험에 들게 하였네

그러고는 생각한 바대로 길을 떠났네
내 아픔을 딛고
자기 삶을 찾아 ―

시간이 흘러 그때 사랑 무디어질 때쯤
문득 잘되었다는 생각 들었네

오늘도 서로 갈 길 잘 갔다고 되뇌며
영원하지 않을 생 앞에서
그이의 행복 빌어보네

갓난아이와 산행

갓난아이 등에 메고
용감하게 산행하는 젊은 부부

옛날 어머니들 어려운 살림에
갓난아이 팽개쳐 놓고
일할 수 없어서

갓난아이 등에 업고
힘들게 일하던 모습 생각나네

게으른 젊은이들은
생각도 못 할 갓난아이와의 산행

산이 좋아
아이가 좋아
힘든 산행 마다하지 않으니

산처럼 자연처럼 좋아 보이네
갓난아이와의 산행

슬픔의 시

단체 연수 강의 '시詩'
인용한 시 낭독시간

어머니에 대한 회고시에서
뜨거운 눈물이 흘러내렸네

돌아가신 어머니에 대한
애절한 내용이 눈물을 만들었으니

시가 마음을 움직일 수 있다는 것을
새삼 확인하는 순간이었네

슬픈 시에 젖어 눈물을 쏟고 나니

가슴 먹먹함과 슬픈 감정이
가슴에 한동안 남더라

소나기

가랑비가 내리던
우중충한 산봉우리

내려가려 하는데 시작되는
두드림의 타악기 합주

빠르고 힘찬 합주에 마음이
급해지고 사방을 살펴보니
비 가림 정자가 보여

정신없이 뛰어들고 보니
먼저 도착한 이들이 지켜보고 있었네

이어 다른 이들도 물에 빠진 생쥐 모습으로
하나둘 모여들어
어느새 가득 들어찬 정자

주르륵! 주르륵!
빗줄기에 침묵의 시간 잦아들고

가끔 들리는 잔기침 소리
유난히 크게 들리는 공간

소나기는 피하고 보라는 격언이
생각나게 하는 침묵의 시간

시간은 지나 비는 잦아들고
정자에 머물던 사람들
하나둘 제 갈 길로 가는구나

소나기 공격을 피하게 해준
정자가 유난히 고마워 보이는 오늘

소나기 격언과 관련한 삶의 처세술이

파노라마처럼 펼쳐지는

소나기 개인 뒤의 맑은 하늘

리턴return 봉우리

산행 중에 되돌아오는
리턴 봉우리

봉우리 도착하자마자
쪼개진 바위에 접촉 인사로
팔굽혀 펴기 60회

이어 보건체조 실시하고
시설된 나무 의자에서
다리 모아 올리기 60회
다리 가위 올리기 60회
누어서 윗몸일으키기 30회
누어서 다리 모아 올리기 30회

나무를 손으로 잡고 발차 올리기 30회
이어 감사한 마음으로 하산하는

나의 산행 리턴 지점

나의 건강을 챙기는
고마운 리턴 봉우리

미소 잃지 않는 당신

어떤 역경과 고난에서도
미소를 잃지 않는 당신

삶의 아픔을 밀쳐내고
기쁨만을 받아들이니

보는 이의 행복이고
삶의 축복이어라

그 밝은 미소 함께 하는 오늘도
하늘에 복을 짓는 것이려니

그와 함께하는 이들
또한 그 행복 나누리라

미소 잃지 않는 당신이
나는 한없이 좋아라

태양

태양은 신과 같은 존재

지구 만물萬物에 영향을 미치니

태양 없는 우리 삶 생각할 수 없고

태양의 고마움 끝이 없으니

식물이든 동물이든 인간이든

하다못해 무생물까지도

저절로 높이 우러러볼

신 같은 존재가 아니겠는가

시들지 않는 꽃

꽃밭에 핀 화려한 꽃
한 계절을 넘기지 못하고
시들어서는 땅에 떨어져
초라하게 뒹구니

대자연의 법리를 어찌하리오
서글픔만 바람을 타고 전해지네

사랑하는 그대만은
아름다운 자태 유지해주오
좋은 영양소 섭취하고
촉촉한 아침이슬로 얼굴을 닦고

풋풋하고 싱싱한 잎사귀와
시들지 않는 꽃으로 피어
내 곁에 머물러주오

사랑의 꽃으로 피어

그 향기 내게 전해주오

그대 있어 행복한 삶이었노라

말할 수 있게

장미

화려함을 압도하는
아가씨들의 모임

저마다 예쁜 얼굴
활짝 피어오르니

임을 찾는 이들의
바쁜 하루 시작되고

덩굴 뻗어서 온 울타리를
숨차게 덮어 놓으니

구중궁궐九重宮闕
정원이 따로 없구나

가시 돋은 꽃이

더 예쁘다고 하던가

누구에게나 사랑받는
꽃의 전사戰士

궁하면 통한다

정해진 약속시간
여유 있다 했더니만
어느새 시간 지나
임박한 약속시간

바쁜 걸음 재촉하여 옮겨보지만
몸 따로 마음 따로
생각처럼 움직여지지 않아

이럴 땐 누구한테
차 좀 부탁할 걸 후회하다가
문득 택시 지나가기에
서둘러 세워보니

기사 양반 친절하게 받아주어
무사히 약속 장소

늦지 않게 도착했네

천우신조天佑神助인가
궁하면 통한다고 했던가

택시기사 아저씨에 대한
고마운 마음 절로 생기고
안도의 한숨 절로 나오네

남대문이 열렸네

바지를 갈아입고
앞 지퍼 올리는 걸 잊었네

열린 줄 모르고
이리저리 다니다가
남의 시선 의식하고
앞을 내려다보니

바람 솔솔 들어와
남대문이 열렸네

이놈의 남대문 때문에
망신살이 뻗었구나

이 남대문은
닫혀있어야 할 문이련만

문지기가 문제인가
정신을 어디 빼놓고 다녔나

달아난 정신이
망신을 데리고 왔나

인간도 동물

인간도 동물이라네
옛 철인의 말처럼
사회적 동물

인간은 높은 지능과
생각할 수 있는 두뇌와
표현하고 기록할 수 있는
입과 손이 있어서

만물의 영장이라지만
개개인을 살펴보면
동물과 다름이 없네

살기 위한 보호 본능
잔인한 공격성
이기적인 행동…

인간도 동물적 본능이
있음을 기억해야 하네

인간도 결국
육체에 얽매인
동물이라는 것을…

산중턱 노점

언제부터인가 산중턱에
주말 산중노점이 생겼네

막걸리 생수 과자 음료수…
몇 가지 진열해 놓고
오가는 이에게 인사말 건네네

뭔가 사주기를 바라며
진열된 물건들 입으로 줄줄
기억력도 좋아라
입담도 좋아라

처음에는 지나가기
거북스러웠지만
이제는 익숙해졌네

사람이 한적한 날에는
괜스레 걱정도 되고
사람이 북적대면 흐뭇해지네

산중노점상인 오늘도
손님을 기다리네
임 마중 나온 여인처럼

태풍이 지나간 숲길

간밤에 세찬 비바람 불어
때리고 날리는 소리 요란하더니만

아침 숲길 따라 나뭇잎이며
나뭇가지 어지럽게 널려있구나

바람의 마법인가, 자연의 힘인가

장대로 나무 잎사귀 휘둘러 놓은 듯
온통 숲길을 푸른 나뭇잎으로 덮어 놓았네

떨어진 나뭇잎을 밟으며
숲속의 시련을 둘러보네

자연의 시련과 극복을 생각하며
떨어진 나뭇잎들을 위로해 보네

제2부

인생

인생은 바람인가
꿈인가

꿈 같은 세월이
바람결에 무심히 흘러가네

들뜬 사랑에 기쁨도
가슴 아픈 이별도
무수한 사연도

세월의 흐름 속에
그저 한 조각 꿈이런가

이런 어울림이 없었다면
인생의 참맛을 알까

누구나 말 못 할 사연
하나쯤은 간직하고 살듯
덧없는 인생
즐기며 살아야겠네

지나고 나면
작은 사연 하나가
삶의 양념이 되어
힘을 주기도 하니

회복된 일상

삶의 고달픔이 어깨를 짓누르고
피할 수 없는 근심과
고통으로 신음하지만

줄기차게 쏟아지는 비 맞으며
체념하듯 잊어버리자

그러다 보면 어느덧 비 개인 날
맑음이 더 선명하듯
밝은 빛 내려주니
한때의 근심과 고통 사라지리라

가슴의 창 활짝 열어
신선한 공기 깊게 들이마셔 보자
비 갠 하늘처럼 일상이 회복되리니

때에 따라 내리고 그치는 비
그리고 이어지는 맑은 하늘
자연의 섭리인 것을
마음 또한 다를 바 없는 것을

통제

젊을 때야 남이 하라는 대로 하고
당연한 듯 열심히 따라했네

세상을 조금 알고부터는
같이하자는 말
부담으로 다가오네

같이 노래하자고 하지만
노래 좋아하지 않은 이도 있고

같이 춤추고 놀자고 하지만
춤을 싫어하는 이도 있으니

내 생각처럼
구미口味 맞추기 어려워라

단체를 위한 통제
필요해 보이기도 하지만

개인의 기호에 따른 통제에는
그 나름 어려움이 있다네

위험 대처 본능

누구나 위험에 직면할 수 있네

손해나 손실을 볼 수 있는 위험
일의 성패가 따르는 위험
다치거나 목숨을 위협하는 위험…

위험에 처한 경우에
"가만있어!" 등의 잘못된 통제로
더 많은 생명을 잃은
사건에서 알 수 있듯이

타인의 잘못된 판단과
통제에 따르기보다는
나의 본능에 의한 대처 행동이
나를 지켜줄 수 있네

때로는 위험에 대한
본능적 판단이 더 정확할 수 있네
나의 소중한 생명을
지키기 위한 위험 대처 본능

약복용藥服用

몸을 다치거나 병이 찾아올 때
병원 진료를 받아 처방전을 가지고
약국을 찾아 약을 사 먹네

오랜 세월 약은 인간들을 치료하고
수명도 많이 연장해줬네
그건 그야말로 객관적 사실이네

그러나 일부 의사 약사들이 양심선언 하듯
약의 해로움을 설파說破하고 있지만
우리 몸이 당장 병마에 시달리고 있다면
약의 부작용 생각하기 어려워라

약의 오남용 하지 말아야겠지만
약의 효능도 거부할 수 없으니
약의 처방은 의사의 판단에

맡겨질 수밖에 없는 게 현실

갖가지 약복용에 관한 결과는
각 개인의 영역으로 돌리니

약 만능의 문제나
약 부작용의 문제나
약 무용론의 문제에 대하여

이를 환자의 몫으로 돌림은
어딘가 모르게 두려움과
근심의 짐을 지게 하는구나

생명을 다루는 중요한 부분이기에
책임 있는 답이 필요한 약복용

장점 찾아주기

사람 재능 키우려거든
단점만 지적하지 말고
장점을 찾아주자

단점만을 지적함은
기를 죽이고
포기를 조장助長함이요

장점을 말함은
기를 살리고
성공으로 가는 힘을 더해 주니

사람을 키우려거든
장점을 찾아주고
칭찬을 아끼지 말게나

목표

보람찬 삶을 살려면
인생의 목표를 세워야 한다

목표를 세우고
자꾸 생각하다 보면

내 몸이 이를 기억하고
자신이 자신을 돕는다

목표는 변화에 적응하여
자유롭게 수정하고

목표에 기간 날짜를 정해두면
내 몸이 이를 기억하니

덩달아 주변 상황이 모두
나를 돕게 된다

너그러움

사람은 누구나 실수하며 산다

실수에 대해
책임 추궁하고 꾸짖으면

잘못에 앞서 감정이 앞서고
서로의 마음이 멀어진다

실수에 대한 너그러움이
미안한 마음을 더 들게 하고
보답은 믿음으로 돌아온다

자연스럽게 내 편이 되어
인격적으로 존중받고
존경과 은혜의 대상이 되기도 한다

그러고 보면

실수에 대한 용서나 너그러움은

세상 사는 지혜慈惠로움이 아닐까

실수 인정

고의든 과실이든
실수를 범한 경우

탓으로 돌리지 말고
인정함이 어떠할까

실수 인정도 용기이니
용기 내지 못하면
무장 무장 어려워라

서로 간에 마음 풀려면
진심으로 실수를 인정해야 하네

진심 어린 실수 인정으로
서로의 관계 더욱 좋아지니

비 온 뒤에 땅이 더 굳어지듯
진심 어린 사과 한마디가
더 나은 인간관계 문을 여니

아름다운 대화

아름다운 대화가 되려면
우선 말을 예쁘게 해야 한다

예쁜 말 되기 위해
즐겨 써야 할 말
"덕분에"란 말 자주 쓰고

상대방 의사 표현의 말에
적극적인 공감 표현해주며

상대방 말을 자르거나
가로채지 말아야 한다

힘들어도 끝까지 들어주고
참을성 있는 예의로

상대와 관계가 좋아지도록
아름다운 대화를 해야한다

대안 제시

우리는 살아가면서
많은 요구를 받게 되네

어린 자식은 자기 흥미에 맞는
물건 등을 요구할 수 있고

집에 마누라는
이거저거 도움을 요구하며

직장에서도 여러 가지 부탁
고민으로 다가올 때가 있네

요구 때마다 다 들어주기에는
난처할 수 있으니

이러한 때
무조건 "안 돼요" 보다

심사숙고 후 대체 가능한
대안 의견을 제시함이 어떠할까

배려하는 마음도 생기고
상대방도 만족하는 해결책

자신감

목표하는 일이나
뜻하는 일을 이루려면

우선 자신감이 있어야 하네

자신감이 없는 삶은
무기력하고 힘들어라

자신감은 자극으로
불쑥 생길 수도 있지만
노력의 결과라네

맹목적인 자신감보다
뜻을 가진 자신감을 키워보세

나의 목표 달성에
크나큰 힘을 줄 것이니

자신감은 일의 성공을 돕는
큰 힘으로 작용할 것이니

책 읽기

책에는 우리 삶에 살과 뼈를
만들 자양분이 들어있다

인터넷 등 각종 매체가
넘쳐 나지만

책은 나름의 이점이 있으니
읽고 난 책을 보관해 두면

좋은 내용과 필요한 자료
언제나 다시 찾아볼 수 있고
객관화된 근거자료로 활용할 수 있다

디지털 전자책 시대라지만
책은 그 형태와 보존자체에
값어치가 있다

나의 지혜를 살찌우고

올바른 삶으로 인도하는 책

진정한 배움

스승은 가르치는 자요
제자는 배우는 자니

스승과 제자가
열심히 가르치고 배우면
그 실력이 일취월장日就月將하여라

그대들이여
좋은 스승과 제자 관계 맺어
인생에 성공의 기회를 잡으시오

스승은 가르치기 위해 연구하고 배우며
제자는 스승으로부터 배우고 익히니

스승과 제자 모두
진정한 배움을 얻게 되리니

옛날이야기

옛날이야기 들어보면
지금도 재미있다

꾸며진 이야기인 줄 알면서도
내용에 인생 철학이 들어 있다

우리 삶과 흡사한 면도 있고
시사示唆하는 바도 있으니

공감이 가고
공감이 가니
현실감이 느껴져 재미있는 것이다

고전의 옛날이야기
아이들에게 들려주고 읽게 할
지혜의 교과서, 추천하고 싶다

남과 비교

우리는 남과 비교하는
좋지 못한 습성이 있네

눈에 보이는 물질적인 것과
내면의 지식 등에 대해
신체적인 구조와 생김에 대해
남을 수시로 보면서 비교하니

우열優劣감이 생기고
시기심과 질투심이 생기네

그대여! 비교하지 마시오
나보다 잘하는 사람 지켜보다 보면
열등감을 가져오고
의기소침意氣銷沈해지고
괜스레 경쟁심이 유발되며

마음이 불안해지니

오히려 득보다 실이 많고
마음이 흔들리니
진정한 나 자신 가다듬기 힘들어라

비교 상대를 찾기보다
나의 길이 어디인지에 따라
묵묵히 내 길을 가소

흔들림 없이 갈 길 가는 것만이
진정한 승자의 길이 될 것이니

돈을 벌려면

돈은 움직이는 것이니
잡으려 한다고 잡히지 않고

돈에 안달하면 할수록
돈이 더 궁해지네

돈이 수중에 없으니
만사가 자신이 없고
접근할 울타리만 높아라

돈을 잡으려 하기보다는
돈이 나를 따라 다니게 하소

먼저 돈과 친숙해지소

지갑에 돈을 일정 금액

항상 소지하고 다니며

돈을 쓸 때 짜증보다는
돈은 즐겁게 쓰고

평상시 돈을 어디 쓸 것인가
목적을 정해 보소

돈은 목적에 맞게 수입을
맞추려 하는 습성이 있다네

유흥비나 목적 없는 허비는
의미가 없는 돈임도 명심하소

용서容恕

어느 날 생긴 사무친 원한
불쑥 찾아 들었네

사무친 원한에 몸도 마음도
너무나 큰 상처 입었네

그러나 이런 상처 오래 머물면
내가 먼저 쓰러지나니

나를 다독여 치유를 우선하고
차후를 기약했네

치유방법으로는 역설적이게도
용서가 있었네

많은 고통과 분함이 있었지만

용서해 주기로 했네

내가 살아남기 위해서
불행한 삶에서 헤어나기 위해서

미워하는 세월만큼이나
내 몸에 병마가 배어들면

원한과 미움에 무슨 득이 있으랴
내가 살아야 생의 기쁨이 있나니

제3부

남자와 여자

하느님이 인간을 탄생시키면서
남자와 여자를 구분하고

서로 사랑하게 하여
종족을 이어나가게 하였으니

남자와 여자가 서로 끌림은
하늘의 이치로구나

그러나 인간들이 법, 풍습, 도덕 등을
이유로 이들을 통제하니

이 또한 인간의 이치인가

결국 남녀 간의 사랑도
천리를 따르자니

인간의 법도에 얽매이는구나

모두가 행복해지자는 약속이니
그 법도를 따라야겠지만

종교宗教

이 세상에는 많은 종류의
종교가 있다네

인간의 손가락으로 헤아릴 수
없을 만큼 많이

종교의 목적은 인간의 나약함에 대한
절대자에 의지依支와 구원救援이니
그 꼭지점은 같지 않을까?

인간의 절실한 믿음의 갈구는
믿음 자체가 종교이니

종교에 관한 믿음의 뜻
누가 다 헤아려 알리요

종교의 자유

이 또한 헤아림이리라

사랑의 치료제治療劑

사랑은 희망을 솟구치게 하고
용기와 힘을 주니

사랑은 아픔을 치유하는 치료제

마음의 아픔은
사랑의 부족함에서 오는 것이니

미움과 무관심보다
사랑에게로 고개를 돌리세

미움의 상대 많을수록
적이 되어 나를 공격하니

이내 몸 견디지 못하고 무너지리니

증오는 풀고 모든 이를
사랑으로 헤아려보세

사랑은 증오에 다친 몸과 마음을
기적처럼 치료해 준다네

현관, 첫인상

집안으로 들어서는 첫 번째 문
내 방으로 들어가려면
반드시 거쳐야 하는 문

밖에서 들어오는 나를
반갑게 맞아주고
외출할 때 잘 다녀오라고
배웅하는 현관

이렇듯 현관에는
집의 철학이 있고

벗어놓은 신발이며
비를 대비한 우산 등
가족이 어우러져 있는 모습에서
삶이 깃들어 있어라

그대들이여!
현관 정리 잘해 보세

반가운 이웃이나 어려운 손님
맞이함에 첫인상이니
현관을 들어서면서
집안의 분위기를 감지하누나

현관을 들어서면서
모든 기운 같이 들어서는구나

인정認定

인정이란 확실하다고
표현이나 속으로 말하는 것

남이나 나 자신을 인정하는
태도 중요하다네

단점보다 장점을 보고
남의 장점 인정해 줌으로써
상대의 사기士氣 올려줌으로써
서로의 관계 더욱 좋아지네

나 자신도 능력 있는 사람이라고
인정함으로써 자신감을 가져보세

나의 부정적인 면만을 생각하며
자책해 봐야 손해일 뿐

얻어지는 게 없을 뿐만 아니라
나를 더욱 비참하게 만드니

타인을 의식하며 살기보다는
나 자신의 삶을 살아가세
진정한 나를 인정해 주는 삶이
무엇보다 중요하니

타인에게 인정받기를 기대하기보다
나 자신을 인정해 주고 사랑하여
자신감 있는 삶을 살아가 보세

대화법對話法

대화의 시작은 부드럽고
분위를 풀어주는
일상적이고 소소한 이야기부터

결론부터 말하되
신문 기사 제목처럼 말해야 한다

그다음은 서서히 궁금증을
유발하면서 흥미를 이끌게 하고

말의 속도는 중간 정도로
침착하고 차분하게 말하며

대화 도중 말의 주제에서
벗어나는 이야기는 하지 말아야 하고

말에도 억양에 따라 전달되는
느낌이 달라지니

상대방이 듣고 싶어 하는 말이
무엇인지 파악하고

말할 내용을 순간 생각하여
피할 말은 하지 말아야 한다

상대방 눈을 보며
서로의 교감을 유지하고

이해가 안 되는 말이면
예를 들어 이해를 시키며

상대의 말이 이해가 안 되면
이해가 될 때까지 설명을 요구하고

대화 중 중복된 말은 삼가고
내용의 일관성을 유지하여야 한다

내 말만 하기보다 상대방에게도
말할 기회를 주고

상대방 말 가로막지 말며
비판하지 말고 의견을 존중해야 한다

조용히 경청도 해야 하지만
맞장구나 호응을 해 주어야 하며

말은 조리 있고 재미있게

몸짓과 표정을 더하면 좋다

자만이나 교만은 상대방을
거북스럽게 할 뿐만 아니라
나를 경계하는 적으로 돌리니 주의하고

뱉은 말은 주워 담을 수 없으니
예의를 갖춰 신중을 기해야 한다

화를 내다보면

일상에서 예기치 않게
만들어지는 화

공격을 받아서
일이 잘못되어서
방해를 받아서…

화는 이성을 잃게 하고
그 감정이 몸으로 나타나
몸이 떨리고 열이 오르고
심장이 쿵쿵쾅쾅

화는 몸과 마음에 상처를 내
나를 아프게 하네

화를 내다보면 더 큰 사건으로

번질 수도 있고
참자니 계속 피해를 볼 수도
상처를 더 받을 수도 있으니
이를 어찌하나, 싶지만

잘잘못을 떠나서 일단 화냄은
서로에게 더 큰 피해를
가져올 수도 있으니

연민 관용 인내 배려와 같이
현명한 지혜로
화를 자중함이 어떠할까
소중한 나를 지키기 위해

생각의 흐름

생각 없는 삶은 없네
생각은 자연스럽게 찾아와
이내 몸을 지배하려 하네

강물의 흐름과도 같고
햇살의 뻗음과도 같으며
바람의 움직임과도 같으니

멈춤은 잠시일 뿐
통제가 어려우니
생각의 흐름
자연스럽게 놓아두기로 하네

자연스럽게 왔다가
어느 순간 사라질 것이니

생각하고 싶어
기억도 떠올리지만
생각을 입고 아무 때나
불쑥불쑥 나타나니

오는 생각 나를 움직이고
가는 생각 연기처럼 사라지네

우리 인생의 삶이
다 이런 거 아니겠는가

부조금 부담

옛날에야 부조범위
한 마을, 친척 등 그리 넓지 않았네

지금이야 사회활동 범위가 커져
다수의 인적관계가 형성되니

일일이 찾아보고
부조금 전달하기도 버겁지만

부조금 액수도
일정금액 부담이어라

한때는 부조금액
상한선도 정했지만
지금이야 자유로운 분위기네

현자는 부조금 안주고
안 받기 시도도 하였지만
인간사 매정하게
끊고 살기는 더욱 어려워라

부조금 처리 어찌하면
서로에게 부담 없고
돈독敦篤한 관계 유지될까

생리현상

우리 몸의 방어와 순환을 위한

생리현상은 그야말로 자연현상

콧속 이물질에 재채기

신변 보호를 위한 반사 신경작용

몸의 배출 작용……

때에 따라서 생리현상

참아야 할 때도 있지만

되도록 자연현상처럼

생리현상에 맡겨야 하지 않을까

선과 악

무엇이 옳고 바른 것인가
무엇이 그르고 틀린 것인가

저마다 판단이 다르고 기준이 다르니
세상사 갈등과 다툼의 연속이구나

절대 선과 절대 악 가름하기 어려워라

현자의 판단이나
다수의 보편적 판단에 따라야 하나

이 또한 완벽한 방법은 아니니

세상 이치 알기가 참으로 어렵고
뜻하는바 말하기 조심스러워라

삶의 책 한 권

어제의 고단함을 풀고
새롭게 눈 뜨는 아침

삶의 기쁨을 아침 햇살만큼이나
강하게 느끼며
하루의 첫 페이지를 무엇으로
써내려갈까 생각해 보는 시간

먼저 맑은 공기와 살결에 와 닿은
바람도 담아보고
눈에 들어오는 사물들도 담아보고
귀에 들어오는 온갖 소리도 담아보고
식탁에 앉아서는 다양한 맛도 담아본다

밖으로 나가 삶에 부대끼는
사람들과의 만남과 어울림에서의

사연도 담아보고

제일 나중에 정리하는 나를 담아본다

그러다 어둠이 몰려오면
나의 책 한 권을 마무리 짓는다

이어지는 삶의 여정에서
삶의 책이 이렇게
하루하루 쓰여지고 있다

사랑의 힘

사랑하며 살자
사랑으로 바라보자

이성적인 사랑이 아니어도
이루지 못할 짝사랑이라도
마음속의 사랑이라도
연예인에 대한 팬fan 사랑이라도
사랑의 마음 품어보자

서로 간에 사랑의
교감이 없더라도 좋다

사랑한다는 마음만으로
나에게 힘이 되고
삶의 활력이 되고
삶을 풍요豊饒롭게 하니

나무든 풀이든
사랑의 마음으로 대하자
사랑의 힘이
나만의 기쁨으로
행복이 되어 밀려올 테니

진실의 얼굴

누구나 진실만을 말하고
듣고 싶어 하네

진실이 문제를 해결하고
사실을 전하는 것처럼

진실 함부로 털어놓을 경우
화가 되어 돌아올 수도 있으니

때에 따라서는 진실의 말
숨겨두고 관망함이
나의 방어수단일 수 있네

적에게 진실을 말함은
표적의 총알이라
이는 순진함인가, 어리석음인가

마음에 있는 말, 속 시원하게
할 수 없음도 답답하지만

득이 없는 진실공방
나를 공격하는 무기로 전락하네

삶의 계단

높은 곳으로 오르는 계단
낮은 곳으로 내려오는 계단

연이은 계단의 모습 또한
하나의 작품이구나

우리가 살아가는데도
오르는 계단이 있으면
반드시 내려오는 계단이 있다

오르는 계단 힘들어도
내려오는 편안함이 있고

계단이 많을수록
기나긴 사연이 되는구나

우리 인생도 힘들수록
의미 있는 삶일 수 있으니

고달픈 날들의 삶일지라도
참고 이겨 볼 일이다

우리의 삶과 함께하는
인생이라는 계단

감시의 눈

지금의 세상은 감시의 눈이
번뜩거리는 가슴 아픈 현실

정의를 위한 감시도
내 것을 지키기 위한 감시도 아닌
상대를 무너뜨리기 위한
구실을 찾는 감시

이제는 비밀스러운 일을
같이 도모하고도
먼저 폭로하는 자가
정의라는 이름으로 살아남고
상대를 무너트리니

믿음이 없는 세상
살벌한 세상
각자가 알아서 살아남아야 하는

무서운 투쟁의 시대가 되었네

지금의 세상에서
인간미를 바란다거나
동정을 기대하는 것은
어리석은 생각일 수도 있으니
세상을 어찌 봐야 하나

상생의 삶을 말하면서
상대의 약점을 노리는 세상
여기에 희열을 느끼거나
동조하는 잔인한 사람들

진정 무서운 풍파를 맞고서야
깨달을 것인가
어둠의 불안을 부르는 현실이
안타깝고도 슬프다

모순矛盾된 삶

모순이란 단어는
창과 방패에서 비롯된 말

창을 파는 입장에서
못 뚫을 방패 없고

방패를 파는 입장에서
못 막을 창이 없으니

이처럼 상인의 말이 서로
안 맞으니 이를 어찌하나

우리네 삶이
이런 모순 속에 살고 있으니

병원이 잘되길 바라면서

무병 건강한 삶을 말하고

누구의 웃음이
누구에게는 울음일 수 있고

누구의 기쁨이
누구에게는 슬픔일 수 있으니

모순된 삶을 알면서
살아가는 우리네 인생

이 또한 어찌할 수 없는
우리 인생살이 아니겠는가

나의 모니터링monitoring

나의 모니터링이란
나 자신을 타인의 입장에서
비추어 보는 것

모니터링해줄 사람
부모, 형제, 친구, 배우자, 스승 등
많고 많아라

자신의 이마에 붙은 검불 볼 수 없듯이
나 자신을 볼 수 없으니

자신의 약점, 미비점 지적해줄 사람
지정해 모니터링 받아보자

더 큰 나를 만들기 위해
반드시 모니터링이 필요하다

마음을 비우고 진지하게
나 자신을 들여다보자

아집에 젖어 나를 바로
볼 수 없는 것도
자신에 대한 불행이요
더 크지 못하게 하는 방해꾼이니

제4부

사람의 그릇

사람마다 능력이 다르고
인격과 사상이 다르니
각자의 그릇이 있다

그릇이 크고 돈실敦實하면
여러 사람의 선망羨望이 되고
단체 지도자가 될 수 있다

뭇 사람들의 선도자 역할을 하니
좋은 그릇의 발굴은
미래를 키우는 것이다

조직화된 생활 속에서
크나큰 영향을 미치고
우리네 삶의 흥망을 좌우하니

훌륭한 그릇 챙기고 키워서

우리 삶의 태평성대 누려보세

인생의 승리자

보일 듯 느낄 듯 긴장된 경주
인생은 달리기 경주

단거리도 있지만
대부분 장거리 경주라네

처음에 앞서는 것은
작은 기쁨

중간에서 앞서는 것도
삶의 기쁨이지만

마지막으로 앞서는 기쁨은
인생 최후의 승리자라네

골인점을 향해 달리는 내내

장애물과 유혹도 많지만

끈기와 노력과 인내한 자만이
월계관의 주인공이라네

무관심

애써 나타낸 의사 표현
받아들이는 반응은 너의 몫

힘써 부른 반향의 효과
밋밋하게 돌아오니
삶의 의욕 일으키기 힘들어라

당장 손익 쫓아 살아가는 세상인데
소소한 관심까지 반응은 어려워라

내 자리에서 중심을 잃지 않음이
최선의 방법인가
무관심의 자구책인가

건강에 대한 견해

건강에 대해 불안한 생각 접고
건강에 확신과 믿음을 가져라
그리고 건강할 때 건강에 감사하라

건강하려면 밝고 긍정적인 생각과
삶의 지혜를 가져라

치우치지 않는 평온한 삶을 추구하고
쓸데없는 걱정에 빠지지 마라

급하게 먹으려 하지 말고
많이 먹으려는 식탐을 하지 마라

자연스럽게 배가 고프면 먹고
먹고 싶은 것 찾아 먹으며
계절에 따라 주변의 식재료를 취하라

음식은 충분히 씹고 맛을 음미하며
충분한 시간을 두고 먹어라

음식의 섭취량은
약간 부족하다 싶게 먹어라

물은 충분히 섭취하고
따뜻하고 깨끗한 물을 마셔라

햇볕은 충분하게 쬐어라
해는 우리에게 중요한 존재니까

수면도 충분하게 취하고
잠자리는 편안하게 만들어라
자는 동안 몸이 치료되고

원기가 회복되니

생리현상과 배설은 억제하지 마라
우리 몸을 지키는 수단이다

몸은 따뜻하게 유지하라
체온의 유지는 몸에 저항력을 높인다

몸의 편안함만을 추구하지 말고
몸을 많이 움직여라
게으르면 병마가 노린다

친구를 많이 만들고 마음에 있는
친구는 적극적으로 관계를 유지하라
삶의 의미를 느낄 것이다

자신에 맞는 운동을 발굴하여
꾸준하게 해서 체력을 유지하라
100세를 추구하는 건강법이다

즐겁게 살려고 노력해라
취미생활을 만들고 남들과 어울려라
행복한 삶이 만들어질 것이다

일거리가 있으면 나이에 관계없이
일하는 자세를 갖추어라
평생 일거리가 있는 것도 행복이다

나이가 먹을수록 일 욕심 버리고
내가 이겨 낼 만큼만 행하라
내 몸을 지키기 위해서다

남을 미워하거나 적을 만들지 마라
내가 먼저 아프고 다칠 수 있다

내 마음을 항상 비워라
집착과 허영과 욕심에 빠지지 마라
모든 걸 내려놓으면 활기가 찾아 든다

부질없는 모든 것을 하늘에 맡겨라
편안한 내가 만들어질 것이다

코골이

드르렁 부우! 드르렁 부우!
밤새 부는 색소폰saxophone 저음인가

이 연주 듣기 거북한데
들어야 하는 소음

여행가서 만난 한 방 친구
대단한 연주가였네

잠은 저 멀리 사라지고
노곤함만 몰려드는 밤

코골이 치료하는 좋은 방법이
없을까 고민해보는 고달픈 밤

결국 뜬눈으로

밤을 새우고 말았네

나도 코를 골지만 정작 모르는
나 자신을 일깨워주는 코골이

땀 흘리기

여름 산행 산중턱을 오르니
땀이 절로 솟구치고

이어 땀방울 얼굴을 타고
주르륵 흘러내린다

땀은 몸 움직임의 산물이고
이 땀이 내 몸의 찌꺼기들을
물청소하듯 쓸어내리니

땀이여! 어서 나와라!
내 몸에 노폐물 안고서

내 몸의 활기를 찾아주고
건강을 선사하는 땀

그대들이여!
땀 아끼지 말고 맘껏 흘려서

개운하고 건강한 몸 만들어
행복한 삶 살아보세

인생은 기다림이다

서두르는 삶 속에
바쁘기만 한 몸과 마음

우리 인생 발버둥 쳐도
시간은 일정한 간격으로 흐르는데

마음에 따라 빨리도 흐르고
더디게도 흘러가니
인간이 시간을 통제하려 하누나
부질없이 몸부림치누나

우리 인생의 시간표
이미 정해져 있으련만
무조건 빠르게 가려고 하나

우리의 인생사 때가 있으니

바삐 가려다 넘어지거나 다치지 말고
삶의 여유 속에
때를 기다리는 철학을 배워보소

기다림 속에 기회가 오니
그때 기회 잡아 뜻을 이루소

인생은 흐름이다

삶은 시간의 흐름 속에 있다
계절이 오가며 꽃이 피고 시들 듯

인간의 몸도 시들면
종국에는 본향을 찾아간다
하늘과 땅으로

바삐 살아온 인생도
열심히 불태운 인생도
지나고 나면 순간의 흐름이어라

세월의 흐름 속에 인생이 있고
인생 또한 덧없이 흐르니

내 삶도 흐르는 강물처럼
그대들과 더불어 자연스럽게

서로 부대끼기도 하고

사랑하고 즐기며 흘러가는 거지

화투花鬪놀이
—고스톱

심심해서 시작한 화투놀이
바닥에 담요 깔아 놓고
화투패를 나누네

패 받아든 손에 힘이 주어지고
바닥에 깔린 화려한 그림들
가져오고 싶은 욕심 유발할 때

상대방이 먼저 알짜배기
힘 있게 때려 가져가 버리니
속 쓰리고 가슴 섬큼하네

나도 질세라 그림 맞춰
힘껏 내리쳐 가져온 패를
바닥에 뒤집어 보니
아이쿠! 쌌구나!

한숨 절로 나오고
얼굴에 열이 솟구치네

싸 논 화투패 웃으며 가져가면
왜 이리 미울까
상대방은 벌써 점수 놔서
원고! 외치니 가슴 미어져라

주눅 들린 화투패
점수 날 기미 보이질 않으니
내놓은 판돈 거덜나겠구나
내 마음만 멍들겠구나

나무꾼 시절

나의 학창시절에는 땔감을 마련하여
불을 지피는 온돌방 생활을 하였네

들에서 나는 옥수숫대, 깻대, 콩대나
고구마 줄기를 바짝 말려 땔감으로 사용하였고

산에 올라 고목을 주워 모으고
나무 곁가지를 쳐서 다발로 묶어

남자는 지게에 지고
여자는 머리에 이고 왔네

산에 낙엽을 갈퀴로 긁어모아
새끼로 나무 동을 만들어 가져왔지

떨어진 소나무잎은 최고 땔감으로

시장에 내다 팔기도 하였네

때로는 온 식구들을 동원하여
저마다 한 짐씩 등에 둘러메고,
머리에 이고 집으로 줄지어 왔지

어려운 시절 땔감을 구하기 위해
산 여기저기를 헤매던 나무꾼 시절

수학여행의 추억

초등학교 때와 중학교 때
형편이 어려워 수학여행 가지 못했으나
고등학교 때 부모님의 배려로
수학여행 다녀왔네

난생처음 바다란 것도 보았고
크나큰 여객선도 처음 타봤지
멀미라면 자신 있던 내가
7시간 이상 배를 타다 보니
속이 메슥거리고 멀미 끼가 있어
얼른 눈을 감고 안정을 취했지

배에서 내려 먼저 용모양 바위를
구경하고 숙소에 갔네
밤에 친구들과 집에서 가져온
간식을 먹으며 노래도 불렀지

그때 내가 부른 노래는
배호의 〈돌아가는 삼각지〉

다음날 신기한 고수동굴 재밌게 구경하고
천지연 폭포며 박물관 두루 구경하였지

부모님 덕에 다녀온 수학여행
처음으로 넓은 바깥세상을
구경할 수 있는 기회였네

여행은 우리에게 많은 것을
배우게 한다는 것을 알았지
특히나 학창시절 여행은
더욱 그 의미가 커 보이네

유격훈련과 외줄타기

군대 훈련 중 가장 어려운 과정 유격
유격훈련에 앞서 정신무장을 위해 피티
체조에 얼차려 수없이 받아보고

지칠 대로 지친 몸으로
유격! 유격! 구호 외치며 세줄 타기
그런대로 재미있었고
두줄타기 조금은 긴장되었지

외줄타기 자신 없어 보였지만
조교가 일러준 방식으로 절반 넘어가다가
앞서가던 자가 몸이 뒤집혀
줄이 출렁거리더니 나도 덩달아 뒤집혀
어깨와 팔의 힘으로만 매달려 가려 하니
무척이나 힘들었지

목적지 도달하니 온 팔에 힘이 빠졌지만
살았다는 마음에 안도의 가슴 쓸어내렸네

줄타기 기초훈련 과정도 없이
외줄타기 유격 훈련!
정말 힘들었던 훈련이었네

아래를 내려다보면 아찔한 높이의
산 계곡에서의 유격 훈련
체력단련과 담력훈련

유격 끝날 무렵 피티체조 덕분에
계단 오르기도 힘들어 엉금엉금 기어다녔지

그러나 일주일이 지나면서
거짓말처럼 몸이 회복되어

날을 듯 몸이 가벼워졌네

강한 훈련이
강한 몸을 만든다고 했던가

등물

무더운 여름날 땀이 차면
우물물 두레박으로 퍼 올려
시원하게 쫘악! 등에 부었지

오싹하도록 시원해 으악! 소리치며
화들짝 몸이 놀라 몸을 떨기도 했지만

하고 나면 더위를 잠시 잊게 하는
시원한 등물

지금이야 샤워로 하지만
옛날에는 우물물 두레박으로 퍼 올려
그 물로 등물을 했지
더위를 식혔지

더위를 싸악! 잊게 하는
여름날 일상이었던 등물

과식의 추억

군대 갔던 시절
청춘의 꽃이었던 나이

먹고 나도 조금 있으면 배가 고팠던
소화력이 왕성하던 시절

배식된 밥으로 만족하지 못했던 차에
기회가 왔다 취사당번!

이때다 싶어 먹고 또 먹고
맘껏 배를 채웠지

배식을 간신이 끝내고
찾은 곳은 한적한 쓰레기장

남의 눈에 띌세라 은폐물 이용하여

쪼그리고 앉자 시간을 보냈지

과식한 탓에 걷기도 불편하고
숨이 차올라 위험수위에 올랐던 지경

과식의 고통 처음으로 느꼈지
자칫 생명의 위협까지 당할 뻔한 과식

과식의 어리석음을
교훈 삼게 한 날이었지

외할머니와 용돈

우리 집에서 외할머니 집까지는 삼십 리길
나 어릴 적 어머니와 걸어서 외갓집에 가려면
아침 일찍 나서서 걸으면 점심때쯤 도착했네

외할머니 집에는 두레박 우물이 있어
물을 퍼 올려 마시고 등물도 하였지

때는 수박이 나는 여름
딸과 외손자가 왔다고

동네 수박 심은 집의 밭에 가서
큼직한 수박 한 덩이 사다가
우물에 띄워놓고

같은 동네 사는 이모네 식구들 불러다
수박 썰어 맛있게 먹었지

외할머니는 해소 끼가 있어서
항상 기침을 달고 사셨네

아들이 없고 외할아버지까지
일찍 돌아가셔서
항상 혼자 외롭게 지내시던 외할머니

저녁 잠자기 전에 허리춤의 쌈지 주머니에서
돈을 꺼내어 용돈을 주셨지

어린 마음에 외할머니 용돈이 생각나
어머니가 외갓집 가자 하면
마다하지 않고 먼 길 따라나섰네

서울 작은아버지

서울 사신다 하여
서울 작은아버지
아버지 바로 밑에 동생

아버지처럼 말씀이 없으셨으나
항상 밝은 표정 지으셨네

나의 20대에 작은아버지 따라
하루 인부로 일도 같이하였지

나이 드시고 병 얻으셔
병원에 계실 때 찾으니
사촌 간 형제 우애 강조하셨지

돌아가시고 선산에 모셔
생전에 모습 기리며

산소 벌초 챙겼네

살면서 가끔 떠오르는
서울 작은아버지
참 좋으신 분이셨네

코흘리개 시절

콧물을 달고 살았던 초등학교 시절
유난히도 코를 많이 흘리고 다녔네

맑은 콧물, 누런 콧물 줄줄 흘리다가
드르렁! 들어 마시는 콧물

목구멍에 짭짤한 맛 느껴지던
콧물의 맛

이미 흘러내린 콧물은
옷소매로 쓱! 닦아 버리면

닦인 콧물이 말라 번들번들
빛을 내던 누런 옷소매

부모님이 수시로 콧물 닦아

주셨지만 잠시뿐
어느새 흘러내리는 콧물

지금의 코흘리개 손주를 보면서
나 어릴 때 코흘리개 생각해 보네

상여놀이

70년대까지만 하더라도
마을에 사람이 죽으면
상여놀이 하였네

마을 상조회를 통해 청장년들 동원해
상여를 만들어 꾸미고 깃대를 만드는 등
분주했던 장례 준비

발인 전날 구슬프고 애달픈
상여 매김 소리에
상여꾼들은 우렁차게 후렴을 외쳤지

발인 날 구슬픈 상여놀이 소리에
상주들의 애끓는 통곡 소리
상여꾼의 마음마저 슬프게 하였네

상여놀이하면서 죽은 이의 노자라며
상주들의 돈을 받아 상여에 꽂기도 했네

줄지은 깃대들의 글귀는 가는 이의
위로 이런가 알림 이런가

언젠가 상여놀이 없어지고
전통문화로 자리매김하였다네

상여를 메어도 보고
상여 소리에 맞춰 후렴도 했던
상여놀이의 추억

호국영령에 바치는 시

나라의 부름으로
이 강산을 지키시다가
생의 꽃 다 피워 결실 보지 못하고
산화하신 호국영령이시여
오늘의 우리가 있게 해 주심에
무릎 꿇고 감사의 절을 올립니다

죽음의 공포와 두려움 속에서
나를 버리고 나라의 안위를 선택하신
호국영령의 고귀高貴한 희생의 뜻을
연연세세年年歲歲 대를 이어 잊지 않겠습니다
호국영령님의 숭고崇高한 뜻 이어받아
우리 자유대한민국 영원히 지키겠습니다

호국영령이시여!
국민 모두가 한마음으로 뭉쳐

값진 희생을 헛되지 않도록
우리에게 힘을 더해 주소서
우리가 더는 분열 없는
나라로 거듭나게 하여 주소서

분열의 어두운 그림자가
우리의 안위를 얼마나 위태롭게 하는지
깨닫게 하여 주소서

호국영령의 희생을 헤아리지 못하고
눈앞에 그 무엇을 쫓아
나라를 흔들고 분열시키려는 무리를
올바른 길로 인도해 주소서

전쟁이란 참혹한 역사의 불행은
분열에서 오는 것임을 알게 하소서

평화롭고 행복한 삶의 터전에
더는 시련이 없게 살펴 주소서

나의 조국을 지키는 것만이
모두가 살길임을 깨닫게 하소서

호국영령이시여!
아름다운 꽃으로 다시 피어나
행복한 열매를 맺으소서

남은 한은 우리에게 맡기시고
편히 영면永眠하소서

가을이 좋아라

ⓒ김영성 시집, 2022, Printed in Seoul, Korea

초판 1쇄 발행 | 2022년 11월 10일

지은이 | 김영성
펴낸이 | 고미숙
편　집 | 구름나무
펴낸곳 | 쏠트라인saltline

등록번호 | 제452-2016-000010호(2016년 7월 25일)
제 작 처 | 04549 서울 중구 을지로18길 46-10
　　　　　31533 충남 아산시 방축로 8, 101-502
전화번호 | 010-2642-3900
전자우편 | saltline@hanmail.net

ISBN : 979-11-92139-24-1 (03810)
값 : 12,000원